이 책은 여순항쟁 때 희생된 故 김생옥 선생(1918-1948)의 이야기를 바탕으로 창작되었습니다.

세상을 바꾼 그때 그곳으로 11
1948년 한국
10·19 여순항쟁

여순에 핀
빨간 봉선화

안오일 글 장선환 그림

한울림어린이

나는 오늘도 누나를 따라 뒷산 죽도봉에 올라요.
누나 바구니에는 금방 딴 나물들이 곱게 담겨 있죠.

"울밑에 선 봉선화야~ 네 모양이 처량하다~"
오늘도 누나는 고운 목소리로 노래를 불러요.
음악 선생님이 새로 오신 다음부터
누나는 부쩍 노래하는 시간이 많아졌어요.

누나는 돌멩이로 봉선화 꽃잎을 찧으면서도 콧노래를 흥얼거려요.
"건우야, 그거 알아? 첫눈이 올 때
손톱에 봉선화 꽃물이 남아 있으면 소원이 이루어진대."
"무슨 소원? 누나랑 음악 선생님이랑 결혼하는 거?"
"아니거든!"
누나는 발갛게 달아오른 얼굴로 사납게 눈을 흘겼어요.

심심할 때면 나는 옆집 덕구 아저씨에게 달려가요.
내 소원은 덕구 아저씨처럼 멋진 제복을 입는 경찰이 되는 거예요.

"어? 아저씨다! 덕구 아저…씨…"
그런데 모처럼 만난 덕구 아저씨는 화난 얼굴이에요.
같이 이야기하는 아빠 표정도 잔뜩 굳어 있어요.

그러던 어느 날,
나는 부모님 목소리에 설핏 잠에서 깼어요.
"이게 무슨 말이래요. 계엄령이라뇨?"
"14연대 군인들이 명령을 어기고 반란을 일으켰다는구만."
"설마 건우 삼촌이 있는 여수 14연대요?"
"그런데 그게… 제주 시민들을 죽이라는 명령이었다는데…."
"세상에! 나라가 어찌 그런 명령을 내린단 말예요?"

계엄령, 반란… 이게 다 무슨 소리일까요?
나는 불안한 마음에 한참을 뒤척이다 잠이 들었어요.

며칠 전부터 마을 큰길에 군인 트럭들이 줄지어 지나가기 시작했어요.
누나는 겁먹은 얼굴이었지만 나는 신나게 손을 흔들었어요.
무서울 게 뭐예요? 군인은 우리를 지켜 주는 사람들인걸요.

나는 학교가 끝나기만 기다리곤 했어요.
군인 트럭을 가까이서 구경할 생각에 신이 났죠.
거리 곳곳에 날마다 서 있는 군인과 경찰들은
점점 늘어났어요. 그중에는 덕구 아저씨도 있었죠.
하지만 나는 아는 체하지 못했어요.
아저씨 얼굴이 언제나 잔뜩 화나 있었거든요.

그러던 어느 날이었어요.
"엄마? 아빠…?"
나는 대문 앞에서 움직일 수 없었어요.
엉망이 된 집이 낯설고 무섭기만 했어요.

"도둑… 들었어요?"
한참이 지나 떨리는 목소리로 물었지만,
엄마와 아빠는 깊은 한숨만 내쉴 뿐이었어요.

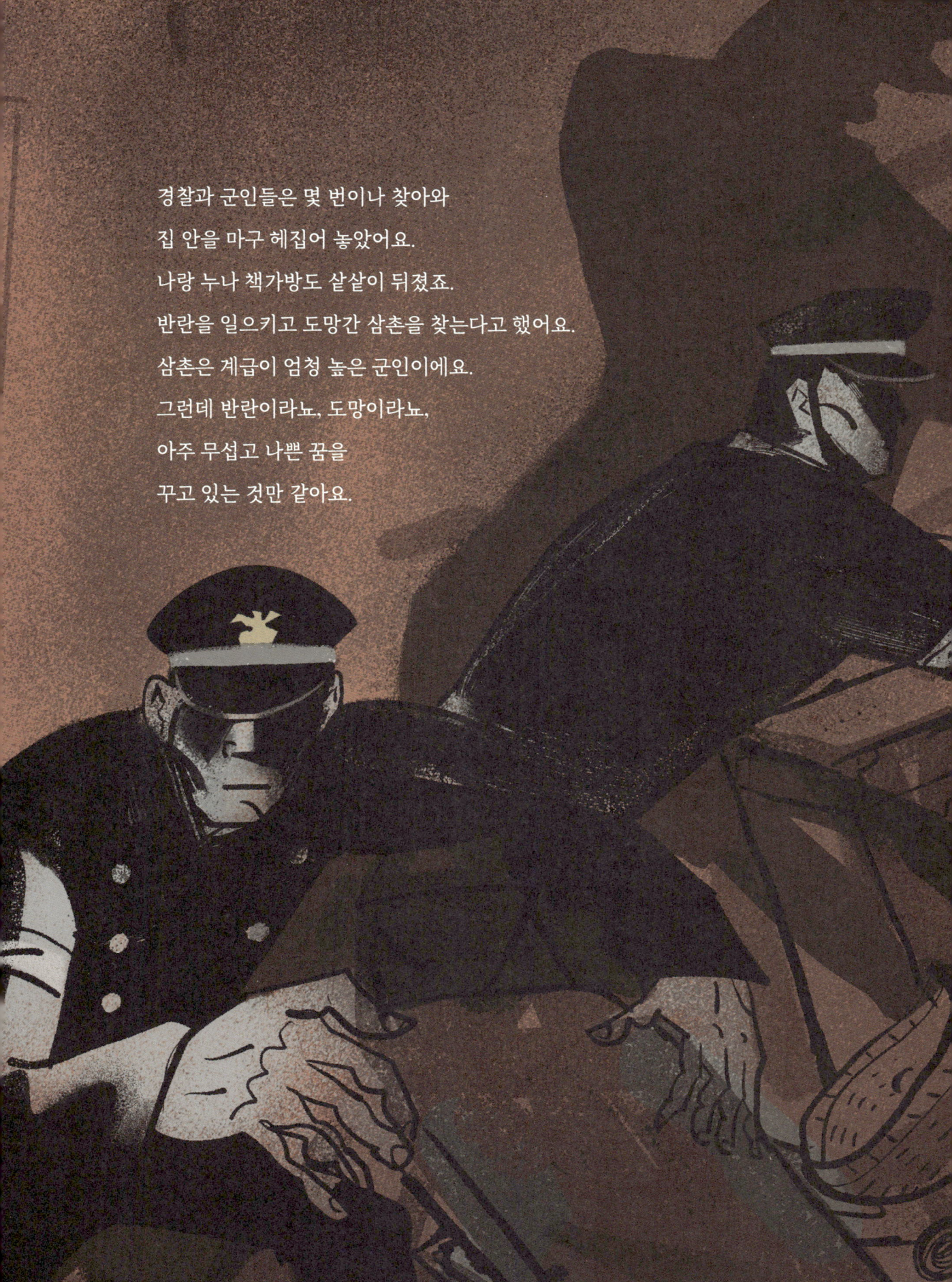

경찰과 군인들은 몇 번이나 찾아와
집 안을 마구 헤집어 놓았어요.
나랑 누나 책가방도 샅샅이 뒤졌죠.
반란을 일으키고 도망간 삼촌을 찾는다고 했어요.
삼촌은 계급이 엄청 높은 군인이에요.
그런데 반란이라뇨, 도망이라뇨,
아주 무섭고 나쁜 꿈을
꾸고 있는 것만 같아요.

계엄령이 내려졌어요. 학교도 문을 닫았죠.
계엄군이랑 눈이라도 마주칠까 봐,
나는 마당에도 나가지 않았어요.
누나는 손톱을 깨물며 계속 방 안을 서성였어요.

"누나, 나도 손톱에 꽃물 들여 줘."
누나 얼굴에 모처럼 미소가 번졌어요.
종이에 꽁꽁 싸 두었던 봉선화 잎을 찧을 때
나는 첫눈 오는 날까지 꽃물이 남아 있길,
누나랑 내 소원이 꼭 이루어지길 바라고 또 바랐어요.

다음 날 아침 일찍, 나는 시끄러운 소리에 눈을 떴어요.
"소, 소식 들었는가? 사람들을 총살한다네."
"무슨 빨갱이 잡는다더니만 조금 투덜댔다고 이발소 최씨도 잡혀가고,
저 앞마을 음악 선생님도 끌려갔다누만."
"아니, 그 사람들이 무슨 죄가 있다고!"
"오늘 죽도봉에서 총살할 거라고 안 하는가…."
"이게 뭔 일이여… 가세! 덕구한테 따져 물어야겠구만!"
"가세! 가!"
어른들 목소리는 잔뜩 화가 나 있었어요.

총살이라니, 빨갱이라니,
마을에 무슨 일이 생긴 걸까요?

누나는 새하얗게 질린 얼굴로 달음박질쳤어요.
나도 누나를 따라 뛰었어요.
돌멩이에 걸려 넘어지면서,
어젯밤 누나가 손가락에 씌워 준 풀잎이 벗겨졌어요.
꽃물이 범벅됐어요. 무릎에 피도 났어요.
하지만 누나는 저만치 앞서갈 뿐이었죠.
나는 일어나 다시 달렸어요.
"누나, 같이 가!"

가슴이 쿵쾅쿵쾅 뛰어요.
나는 누나를 올려다봐요.
누나 얼굴이 점점 일그러져요.
나도 금방 눈물이 터질 것만 같아요.
달려가 무슨 일이냐고 묻고 싶지만 발이 떨어지지 않아요.
엉엉 울고 싶은데 목소리가 나오지 않아요.

죽도봉 골짜기에 마을 사람들이 손이 묶인 채 빙 둘러서 있어요.
길 건너 고물상 아저씨, 동생이 곧 태어난다는 짝꿍 엄마…,
사탕 하나씩 쥐어 주던 이발소 최씨 아저씨…,
누나 음악 선생님도 보여요.
총을 든 경찰 중에 덕구 아저씨가 보여요.
아저씨는 왜 총을 겨누고 있을까요.
왜 동네 사람들은 저기 서 있을까요.
군인과 경찰은 우리를 지켜 주는 사람들인데….

그때였어요.
"한마디만 하게 해 주시오."
차분한 음악 선생님 목소리에
모두가 정지된 화면처럼 귀를 기울였어요.
"내가 한 어떤 가르침이
잘못인지 정말 모르겠소.
평생 노래만 한 나요. 그게 죄라면…
마지막으로 한 곡만 부르고 가게 해 주시오."

지휘관이 고개를 끄덕이고,
경찰들도 겨누던 총을 내려놓았어요.

울 밑에 선 봉선화야

네 모양이 처량하다

길고 긴 날 여름철에

아름답게 꽃 필 적에

지휘관이 손을 들었어요.

탕!

어떻게 산에서 내려왔는지 몰라요.
나는 얼굴을 묻은 무릎을 감싸안았어요.
누나는 이불을 뒤집어쓰고 울기만 해요.
마을 여기저기서 가느다란 곡소리가 새어 나왔지만
아무도 아는 척하지 못해요.
이날부터 나는 매일 악몽을 꿨어요.
새우잠을 자다가 비명을 지르며 깨어났고,
가위에 눌리곤 했어요.

다시 학교가 문을 열었지만,
학교 가는 길은 낯설기만 했어요.
이웃들은 서로의 눈길을 피했어요.
친구도 선생님도 교실 분위기도 예전 같지 않아요.
살아남은 사람들은 사라진 사람들처럼 말이 없어졌어요.

나는 손톱을 바라보았어요.
아직 남아 있는 봉선화 꽃물이 사람들이 흘린 피 같아요.
소매로 꽃물을 박박 문질렀어요.
눈물 때문에 봉선화 꽃물이 더 붉게 보여요.
나는 더 세게 문질렀어요.
그럴수록 경찰이 되고 싶던 꿈만
음악 선생님이 되고 싶다던 누나의 꿈만
점점 지워지는 것 같았어요….

10·19 여순항쟁 이야기

여순항쟁은 1948년 10월 19일 여수 주둔 국방경비대 제14연대 소속 군인들이
명령을 거부하며 시작되었고, 여수와 순천 시민들이 뜻을 같이하며 항쟁으로 발전해 갔어요.

분단의 비극이 감춰 놓은 현대사

해방 후 3년, 우리나라의 남과 북은 각각 미군정과 소련정이 점령하고 있었어요.
남북은 따로 선거를 치르고 각기 다른 정부가 설립되는 등 분단으로 가는 길을 걷고 있었죠.
전국 곳곳에서는 남북단독정부 수립 반대운동이 이어졌어요.
제주 4·3 민주항쟁도 그중 하나였죠.
하지만 이승만 정부는 통일된 정부를 주장하는 모든 시민을 적으로 돌렸어요.
정부 수립 두 달 만인 1948년 10월 18일에는 여수에 있는 14연대에
제주 4·3 민주항쟁 진압 명령을 내렸어요.

10·19 여순항쟁의 시작

10월 19일 밤, 여수 14연대 소속 병사들은 제주 4·3 진압 명령을 거부하기로 뜻을 모았어요.
병사위원회는 10월 24일 발행된 〈여수인민보〉에
"우리는 우리 형제를 죽이는 것을 거부하고 제주도 출병을 거부한다."는
글을 실었어요. 군인들의 봉기는 시민들의 항쟁으로 이어졌어요.
해방 후 3년이 지났지만 미군정은 친일파 경찰들을 그대로 채용하고 있었고,
친일 지주와 정부가 소유한 농지를 배분하는 토지개혁은 계속 미루어지고 있었어요.
일제강점기와 다름없는 수탈이 계속되면서 해방 후 1년 만에
쌀값은 100배 이상, 곡물 가격은 80배 이상 치솟았죠.
10·19 여순항쟁은 이런 부조리에 대항하는 시민들의 절규와도 같은 목소리였어요.

여수·순천 지역 계엄령, 그리고…

하지만 정부는 시민들의 목소리에 귀 기울이지 않았어요.
반공 이데올로기라는 무기로 시민들을 무자비하게 짓밟을 뿐이었죠.
정부는 여수·순천 지역에 아직 법령에도 없는 계엄령을 내리고
5개 연대에 달하는 군인들에게 진압을 명령했어요.
어린 병사에게 밥을 주었다는 이유로, 새 고무신을 신었다는 이유로, 머리가 짧다는 이유로,
학생이라는 이유로, 수많은 시민들이 재판도 없이 군인과 경찰 손에 학살되었어요.
'좌파' '빨갱이'라는 죄명으로 묘지도 없이 한데 뒤엉켜 구덩이에 파묻히거나
여수 앞바다에 수장된 희생자는 만여 명에 이르렀어요.

강요된 침묵

정부의 잘못은 여기서 끝이 아니었어요.
여순항쟁에 대한 거짓 정보를 퍼뜨려 국가폭력, 양민학살을
정당화했을 뿐 아니라, 연좌제를 만들어
희생자와 유족 그리고 친구까지 불이익을 받도록 했어요.
빨갱이라는 낙인, 연좌제의 사슬은 사람들을
사회적으로 고립시키는 잔인한 국가폭력이었어요.
사람들은 진실을 묻어 둔 채 침묵을 강요당하며
70년 넘는 시간을 보내야 했어요.

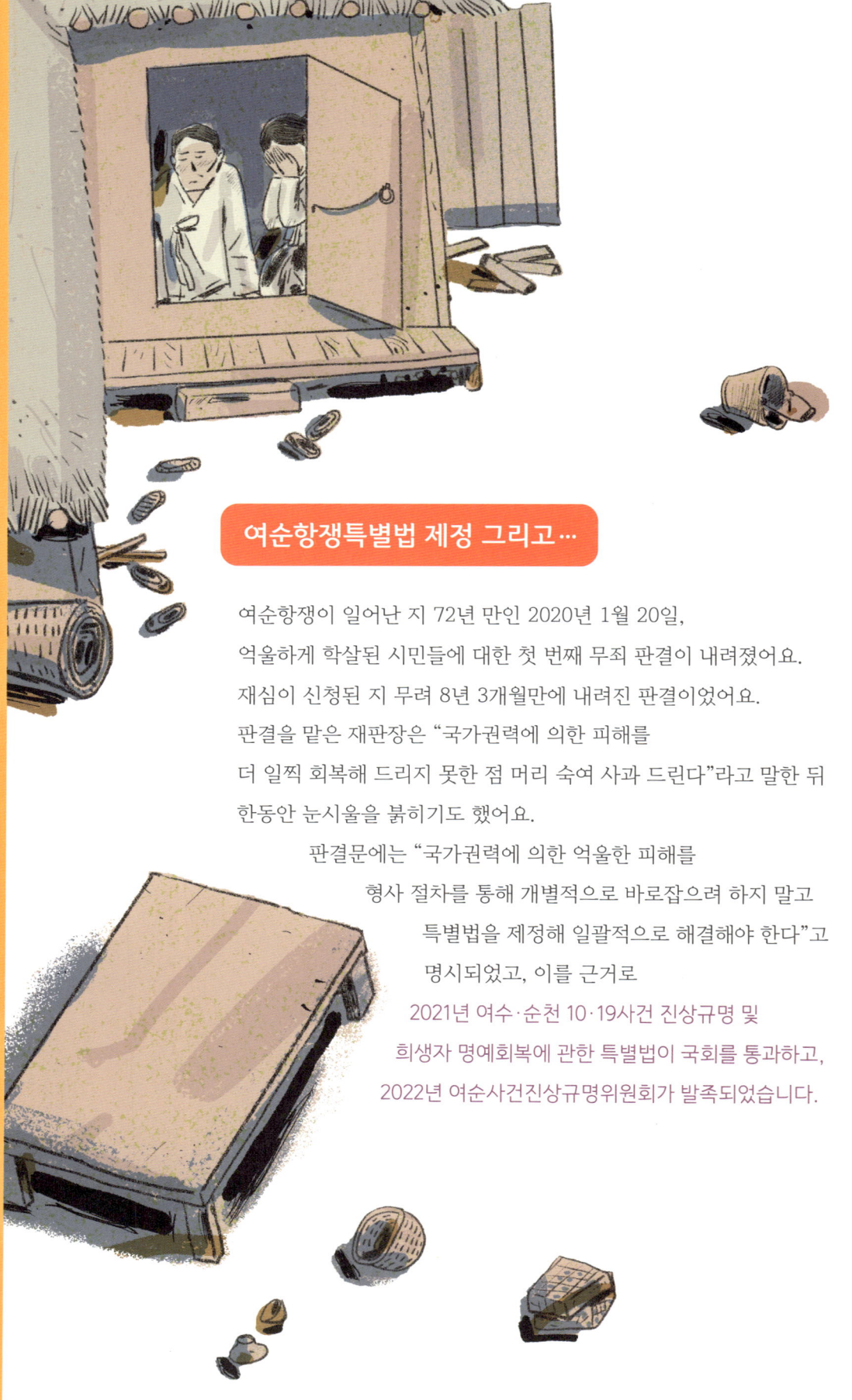

여순항쟁특별법 제정 그리고…

여순항쟁이 일어난 지 72년 만인 2020년 1월 20일, 억울하게 학살된 시민들에 대한 첫 번째 무죄 판결이 내려졌어요. 재심이 신청된 지 무려 8년 3개월만에 내려진 판결이었어요. 판결을 맡은 재판장은 "국가권력에 의한 피해를 더 일찍 회복해 드리지 못한 점 머리 숙여 사과 드린다"라고 말한 뒤 한동안 눈시울을 붉히기도 했어요.

판결문에는 "국가권력에 의한 억울한 피해를 형사 절차를 통해 개별적으로 바로잡으려 하지 말고 특별법을 제정해 일괄적으로 해결해야 한다"고 명시되었고, 이를 근거로 2021년 여수·순천 10·19사건 진상규명 및 희생자 명예회복에 관한 특별법이 국회를 통과하고, 2022년 여순사건진상규명위원회가 발족되었습니다.

반드시 되찾아야 할 진실

여순항쟁은 국가폭력으로 죄 없는 시민 수만 명이 목숨을 잃은
비극적이고 가슴 아픈 현대사 중 하나예요.
여순항쟁 직후인 1949년, 전라남도청은 여순항쟁으로 인한 희생자가
11,131명에 이른다고 발표했어요.
과거사위원회 등을 통한 조사를 근거로 정부는
여순항쟁으로 인한 희생자가 25,000여 명에 이를 것으로 보고 있죠.
특별법이 제정되며 진실규명과 희생자 명예회복을 향한 첫발을 내디뎠지만
전문조사인력 부족, 시간 부족,
7,000건이 채 되지 않는 진상규명 신청 건수,
지금도 거짓된 역사를 주장하는 사람들의 방해 등으로
여순항쟁의 진실을 밝히는 일은 어려움을 겪고 있어요.

정의로운 사회는 단단한 진실 위에서만이 온전히 세워질 수 있어요.
여순항쟁의 진실규명과 명예회복에
마음과 뜻을 모아야 하는 이유가 여기에 있지요.
여순항쟁의 역사 바로 세우기는 정의로운 내일을 만들어 가야 할 민주시민으로서
우리 모두가 반드시 되찾아야 할 진실이에요.

처형장에 울려 퍼진 〈울 밑에 선 봉선화〉

1948년 10월 31일, 죽도봉 골짜기는 처형장으로 변해 있었습니다. 마을 사람들은 포승줄에 묶인 채 줄지어 섰고, 군인과 경찰들은 총을 겨누었습니다. 재판도, 변명할 기회도 없었습니다. 사람들은 한 명 한 명 나무판자에 묶여, 보자기를 뒤집어쓴 채 죽는 순간을 기다려야 했습니다.

처형을 앞둔 순간, 故 김생옥(1918-1948) 선생님이 부르는 〈울 밑에 선 봉선화〉가 죽도봉 골짜기 구석구석 처연하게 울려 퍼졌습니다. 감동한 지휘관이 손을 들어 발사 중지 신호를 보내는 동시에 총소리가 울렸습니다.

"사격 중지! 중지! 누구야! 쏘지 말라니까!!!"

서슬 퍼런 역사 속에 오랜 시간 묻혀 있던 이 이야기는 故 김생옥 선생님의 부인 故 박순이 여사와 며느리 유혜량 박사의 노력으로 세상에 드러났습니다.

70년이 지난 2018년 10월 19일, 여순항쟁기념탑 아래에서는 80대가 된 순천공립여중학교 7회 졸업생 할머니들이 부르는 〈울 밑에 선 봉선화〉가 울려 퍼졌습니다. 선생님의 마지막 모습을 가슴에 묻고 살아야 했던 故 김생옥 선생님의 제자들이었습니다.

잔혹한 시련의 역사가 주는 변화들과 그 의미들은 때때로 아름답고 찬란한 역사보다 더 중요한 의미를 갖습니다. 땅 위에 핀 꽃만이 아니라 땅속에 내린 뿌리의 고통까지 봐야 진정한 꽃의 아름다움을 느낄 수 있는 것과 같은 이유이지요.
그래서 우리에겐 아픈 역사의 되새김이 더 중요한지도 모르겠습니다.

지난 시간을 딛고 새로운 시대를 열어 가기 위해서는 과거를 성찰하고 반성하는 작업이 먼저 이루어져야 해요. 그래서 아프지만 꼭 알아야 할 우리 역사의 이야기를, 그중에서도 여순항쟁에 대한 이야기를 아이들에게 작품으로 들려주고 싶었습니다.
관련한 자료를 찾던 어느 날 억울하게 총살당한 故 김생옥 선생님의 사연을 알게 되었습니다. 매우 안타깝고 슬픈 이 사연은 내 마음으로 들어왔고, 이 그림책의 배경이 되었습니다.
어른들의 잘못으로 아이들의 꿈과 희망마저 짓밟힌 여순항쟁의 진실을 알리는 데 조금이나마 도움이 되기를 바라는 마음으로 이 책을 썼습니다.

- 안오일

글쓴이 안오일

따뜻하고 힘찬 글을 쓰기 위해 노력하고 있어요.
좀 더 아름답고 건강한 세상이 되었으면 좋겠다는 마음을 담아 시와 동화, 청소년소설을 쓰고 있습니다.
그동안 시집 《화려한 반란》《그래도 괜찮아》《나는 나다》《사랑하니까》《꼼짝 마, 소도둑!》《뽈깡》,
청소년소설 《녹두밭의 은하수》《조보, 백성을 깨우다》, 동화집 《막난 할미와 로봇곰 덜덜》
《막난 할미, 래퍼로 데뷔하다》《이대로가 아닌 이대로》《우리들의 오월 뉴스》
《으라차차 길고양이 나가신다!》《우주통신 까막별호》《마음을 여는 열쇠수리공》
《상어소녀와 우주소년》《호야, 아빠를 구합니다!》《딱지딱지 등딱지》
《외계에서 온 전기수》 등을 썼어요.

그린이 장선환

서울에서 태어나 경희대학교 미술교육학과와 동 대학원 회화과를 졸업했으며
화가이자 그림책 작가로 활동하며 대학에서 학생들을 가르쳤습니다.
쓰고 그린 책으로 《네 등에 집 지어도 되니?》《아프리카 초콜릿》《줄을 섭니다》
《파도 타기》《갯벌 전쟁》《우주 다녀오겠습니다》 등이 있고, 그린 책으로는
《임진록》《최후의 늑대》《땅속 나라 도둑 괴물》《강을 건너는 아이》《나는 흐른다》
《태어납니다 사라집니다》《안개 숲을 지날 때》 등이 있습니다.
《선로원》으로 제2회 2024년 대한민국 그림책상 특별상을 수상했습니다.

세상을 바꾼 그때 그곳으로 11
여순에 핀 빨간 봉선화 1948년 한국 10·19 여순항쟁
글쓴이 안오일 | 그린이 장선환 | 펴낸이 곽미순 | 책임편집 윤소라 | 디자인 이순영

펴낸곳 ㈜도서출판 한울림 | 편집 윤소라 이은파 박미화 | 디자인 김민서 이순영 | 마케팅 윤도경 | 경영지원 김영석
출판등록 2004년 4월 12일(제2021-000317호) | 주소 서울특별시 마포구 희우정로16길 21 | 대표전화 02-2635-1400 | 팩스 02-2635-1415
블로그 blog.naver.com/hanulimkids | 인스타그램 www.instagram.com/hanulimkids

첫판 1쇄 펴낸날 2024년 11월 6일   ISBN 979-11-6393-175-1 77810   979-11-6393-029-7(세트)

이 책은 저작권법에 따라 보호 받는 저작물이므로, 저작자와 출판사 양측의 허락 없이는 이 책의 일부 혹은 전체를 인용하거나 옮겨 실을 수 없습니다.
* 한울림어린이는 ㈜도서출판 한울림의 어린이 책 브랜드입니다.   * 잘못된 책은 바꾸어 드립니다.

어린이제품안전특별법에 의한 제품 표시 제조국 대한민국 사용연령 8세 이상

**세상을 바꾼
그때 그곳으로 시리즈**

❶ **엄마의 꿈, 딸의 꿈**
1965년 프랑스 여성노동권

❷ **버스 타기를 거부합니다**
1955년 미국 인종차별반대운동

❸ **아빠, 구름 위에서 만나요**
1942년 폴란드 나치의 유대인 학살

❹ **베를린 장벽이 무너진 날**
1989년 독일 통일의 첫걸음

❺ **게르니카, 반전을 외치다**
1937년 스페인 게르니카 시민학살

❻ **소금 행진과 간디**
1930년 인도 비폭력 저항운동

❼ **오월의 주먹밥**
1980년 한국 5·18 민주화 운동

❽ **바다가 검은 기름으로 덮인 날**
2007년 한국 태안 기름 유출

❾ **하마터면 한글이 없어질 뻔했어!**
1443~1446년 한국 훈민정음 창제부터 반포까지

❿ **다랑쉬굴 아이**
1948년 한국 제주 4·3 민주항쟁